AW

„Ist unsere Welt vielleicht doch nicht die beste, sondern die schlechteste von allen? Widersprüchlich, ungerecht, voll Lüge und Heuchelei, bewohnt von Ehrgeizlingen, Wichtigtuern und Besserwissern? So zumindest empfinden es der manchmal kindliche und manchmal erwachsene Erzähler dieser knappen Geschichten, Beobachtungen und Reflexionen. Auch die Liebe hat es schwer in dieser gnadenlosen Gesellschaft der Gegenwart. Adelhard Winzers Miniaturen sind so klar und deutlich formuliert, dass einem beim Lesen das Lachen im Hals stecken bleibt." Isa Schikorsky

Adelhard Winzer, geboren in Karlshuld, Donaumoos, lebt heute im Chiemgau. Erlernte das Bäckerhandwerk. Spielte mit sechzehn in der ersten Band. War Discjockey und als Berufsmusiker in Deutschland, Österreich und der Schweiz unterwegs. Veröffentlichte ein Kinderbuch. Arbeitete in einer Großbank. Wurde zur Lesung in den Grünen Salon der Volksbühne Berlin eingeladen. Belegte den dritten Platz beim Fränkischen Kurzgeschichtenpreis. Widmete sich, nach dem Eintritt ins Pensionsalter, endgültig dem Schreiben und Zeichnen.

ADELHARD WINZER
ICH BIN OFFEN FÜR ALLES
Geschichten

Bibliografische Information der
Deutschen Nationalbibliothek: Die
Deutsche Nationalbibliothek verzeichnet
diese Publikation in der Deutschen
Nationalbibliografie. Detaillierte
bibliografische Daten sind im Internet
über http://dnb.dnb.de abrufbar.

Herstellung und Verlag:
BoD – Books on Demand, Norderstedt
Umschlagzeichnung:
Adelhard Winzer

ISBN 9783-754311431

ICH BIN OFFEN FÜR ALLES

„Wer die Schlechten schont,
verletzt die Guten."
Publilius Syrus

Fotoalbum

Lieber Papi, ich sehe jetzt immer so Fotos in den Zeitungen, die viel mehr Platz einnehmen als Texte. Bilder, die auch ich machen könnte mit meinem Handy. Der Lehrer hat gesagt, es stimmt, Journalisten erhalten Honorare für Fotos. Wenn sie nicht mehr wissen, was sie schreiben sollen, veröffentlichen sie Bilder. Irgendwie müssen die Seiten ja gefüllt werden. Lieber Papi, wenn das so einfach ist mit dem Geldverdienen, möchte ich Journalist werden. Vielleicht auch meine Freundin, weil sie viel bessere Fotos macht als die Journalisten.

Bäume

Warum fällen die Menschen so viele Bäume, die nicht gefällt werden müssten? Sie behaupten, sie wären krank. Wenn man genauer hinschaut, erkennt man aber, dass sie Geschäfte machen wollen damit.

Alle Menschen sind gleich

In der Tagesschau zeigen sie jeden Samstagabend die Fußballspielergebnisse vom Samstag. Man kann immer wieder sehen, wie sich die Spieler einer Mannschaft umarmen, wenn ein Tor für sie gefallen ist, als hätte es nie eine Pandemie gegeben! Wir müssen aber mit Maske zum Einkaufen gehen, dürfen uns nicht gegenseitig besuchen. Also wünsche ich mir, dass die Fußballspieler-Millionäre ab sofort auch Masken tragen beim Spielen!

Heimat

Nichts ist so alt wie die Zeitung von gestern, sagen die Großen. Dabei erscheinen wöchentlich Berichte über die Nachkriegszeit, in denen indirekt der Krieg verherrlicht wird. Die Zeitungsleute kokettieren dabei mit dem Wort HEIMAT und stellen es groß heraus, als hätte es nie eine Heimat gegeben.

Männerfamilie

Der Priester hat im Internat mit Jungen rumgemacht und von der Heiligen Familie gepredigt. Heute hat er einen Mann geheiratet. Ich frage mich: Wer von den beiden kriegt die Kinder?

Leben

Lieber Papi, ich möchte schon so alt sein wie Opa. Dann müsste ich das Leben nicht so streng sehen.

Amsel

Als heute früh auf dem Hausdach gegenüber die Amsel zu singen anfing,
schlug sie wild mit dem Schwanz hin
und her. Sie ist krank, dachte ich und
wollte ihr helfen. Aber ich konnte es
nicht.

Der Fremde

Er sagte: Das Akzeptieren anderer An-
sichten, Standpunkte und Denkweisen
ist ein wichtiger Schritt für fruchtbare
Zusammenarbeit.

Ehrlichkeit

Menschen wundern sich, wenn sie belogen werden von Leuten, die sie angelogen haben.

Blind

Menschen demonstrieren auf der Straße, weil sie ein Demonstrationsrecht haben, berufen sich aufs Grundgesetz, lassen sich selber aber durch versteckte Klauseln und Kleingedrucktes vom Internetriesen übern Tisch ziehen. Auch wenn es heißt: Der Schutz Ihrer Daten ist uns wichtig, heißt es noch lange nicht, dass sie nicht bespitzelt werden.

Sonntag

Wozu gibt es einen Totensonntag? Damit sich die Überlebenden mit den Verstorbenen auf dem Friedhof an ihren Gräbern unterhalten können. Das glaube ich nicht. Doch, es ist so, weil sie, als die Verstorbenen noch am Leben waren, ihre Probleme mit ihnen nicht ausdiskutieren konnten. Was sagen die Toten dazu? Natürlich schweigen sie, damit die Überlebenden mit ihnen reden können.

Der Fremde

Es stimmt, sagte er: Nicht die Menschen haben das Licht erfunden. Es
war allein das Licht!

Der Alte

Ein alter Mann saß mir im Wartezimmer gegenüber, drehte nervös seine Daumen hin und her. Zwei Jungen spielten neben ihm mit ihren Handys. Der Alte schaute kurz zu mir herüber und lächelte. Und ich lächelte zurück.

Freundin

Meine Freundin hat rote Haare. Sie ist schön. Aber die Großen behaupten das Gegenteil.

Macht

Fast alle Politiker sind feige, sagt Opa.
Es gibt ein paar Ausnahmen. Aber die
meisten reden nur und reden, biedern
sich an, bis sie an der Macht sind. Dann
darfst du ihnen nichts mehr glauben.
Wenn du ihnen trotzdem glaubst, glaube ihnen, vielleicht bringen sie dich in
den Himmel.

Der Herrscher

Dass ein Mensch alle Menschen beherrschen wollte, hat es schon gegeben. Es hat bloß nicht funktioniert. Dass sich jetzt aber die ganze Menschheit von einer Sache beherrschen lässt, sie regelrecht süchtig geworden ist danach, ist neu.

Maskenhändler

Der Politiker macht Geschäfte mit der Pandemie. Seine Bereicherung wird ihm nachgewiesen. Er bestreitet alles. Bis zum Schluss. Dann tritt er von seinem Amt zurück, und erhält eine schöne Pension.

Rot

Ich habe mich vorhin falsch ausge-
drückt: Ich habe eine Freundin mit
roten Haaren. Aber ich liebe sie! Darf
man das sagen als Kind?

Zigarren

Während der hohen Zeit der Pandemie, als man nicht aus dem Haus durfte, sich auch sonst nirgends treffen konnte, hat der Großkotz vom Haus gegenüber mit seinem Auto Vatis Garageneinfahrt versperrt. Dann saß er stundenlang mit seinen Freunden auf dem Balkon und rauchte mit ihnen dicke Zigarren. Gestern ist er weggezogen. Den Mitbewohnern des Hauses ist das aber egal.

Supermarkt

Die Verkäuferin im Supermarkt sagte:
Er macht sich bloß wichtig, will jemand sein, der er nicht ist. Weil er
nichts ist? Nein, weil er überhaupt
nichts ist. Den gibt es noch gar nicht!

Schreiben

Der angehende Schriftsteller hat ein leeres Blatt Papier vor sich, weiß nicht, was er schreiben soll. Die Sonne wärmt seine Hand. Auf der Straße fahren Autos vorbei. Der Verkehr ist es, der mich stört, denkt er, weil er nicht anfangen kann.

Der Freund

Er wollte sich mit jemanden unterhalten, aber es war niemand da, außer der Bedienung, die ihn misstrauisch beobachtete. Wahrscheinlich dachte sie: Der ist zu jung, kommt nicht in Frage. Also blieb er allein an diesem Nachmittag, an dem sich nichts ereignete für ihn.

Zitat

Hier wäre der Anfang, der Einstieg für einen Roman. Ein gutgemeintes Wort von einem Freund über einen Freund. Und es würde sich niemand beschweren.

Blendung

Weit unten, am Ortsrand, lebt eine Freundin in einem Haus. Er weiß, wo das Fenster ist und blendet sie jeden Morgen, an dem die Sonne scheint, mit einem Spiegel.

Traum

Ich hatte einen Traum von einer in Ket-
ten gelegten, wahnsinnig gewordenen
Welt.

Tag und Nacht

Der Fluss wirbelt, springt und hüpft
unentwegt um mich herum, dreht sich
so geschwind, dass mir schwindlig
wird. Er bleibt nicht stehen, fließt, legt
sich ins Bett zurück, steht wieder auf.
Nur im Winter geht er in die Tiefe.

Blind

Lieber Papi, muss ich auch so werden wie die andern jetzt schon sind? Mit einem Handy durch die Straßen laufen? Nicht mehr sehen, was um mich herum geschieht?

Die Erwachsenen

Natürlich wissen Kinder schon alles.
Natürlich sind sie gescheiter als die
Erwachsenen.

Lügen

Ich weiß, nicht alle Minister sind Minister. Viele sind bloß noch Handlanger der Großkonzerne, stellen sich hin und sagen: Da kann man nichts machen. Wir treffen keine Entscheidung über die Regierung hinweg!

Nein

Fast zu allem, was ich sage, sagen die Großen: Nein! Oder, was noch schlimmer ist, sie schweigen.

Plakate

Ich kann das Plakat nicht mehr sehen, das auf dem Parkplatz vor dem
Supermarkt hängt: Zwei Männer, die
sich küssen: HEISSE NACHT? BENUTZT
KONDOME. Warum wird dafür Geld
ausgegeben, aber nicht für Kinder-
gärten oder behinderte Kinder?! Unter
dem Plakat steht: „Eine Aktion der
Bundeszentrale für gesundheitliche Auf-
klärung (BZgA), mit Unterstützung des
Fachverbandes Aussenwerbung e.V.,
gefördert durch die Bundesrepublik
Deutschland." Mir wird ganz übel,
wenn ich das Plakat sehe!

Wut

Vor dem Eingang zum Einkaufszent-
rum hängt ein Zettel, auf dem steht:
Gender. Influencer. To Go. Sale. Covid
19. Lock down. Social Media. Street-
worker. Facebook. Fuck you. Insta-
gram. Twitter. Skype. Blogger. Task
Force. Coming Out. Sale. Kids. Vul-
nerabel. Deal with it. Thks.

Stille

Es ist schön am Morgen. Es ist schön am Abend. Es ist schön, wenn mich keiner von den großen Leuten stört.

Kinderbuch

Natürlich ist es kein Kinderbuch. Natürlich heißt es nur so, weil es das Kindliche nicht mehr gibt.

Lehre

Opa sagt: Ich war verrückt nach ihr, nur wusste sie es nicht. Als ich sie anrief, sagte sie, nach langem Zögern: Wer sind Sie? Ich bin es, sagte ich. Da kam ich ins Stottern. Klaus, fragte sie, sind Sie der Klaus? Nein, der bin ich nicht, sagte ich, der möchte ich auch nicht sein! Auf den warte ich aber, meinte sie. Da wünschte ich mich ganz weit fort von ihr.

Der Held

Ich hab in einem Antiquariat ein Buch über Odysseus gefunden, in dem ein handgeschriebener Zettel lag: Dosen zum Bekleben kaufen, Wundsalbe, Hustensaft, Brot, Rote Beete, Strickzeug, Blumensamen. Da dachte ich, was kann mir Odysseus noch sagen, was ich nicht weiß?

Abneigung

Ein Mann neben mir lächelte. Ich wusste nicht, ob es spöttisch gemeint war.
Ich merkte, dass er etwas wollte von
mir. Auf Empfehlung von einem, den
ich nicht kannte, der plötzlich vor mir
stand. Ich wollte nichts mit ihm zu tun
haben. Auch nicht mit dem andern.
Nicht hier und auch nicht anderswo.

Rot

Opa sagte: Ich liebe ihr rotes Haar. Wie sie sich schmückt und herrichtet. Aber richten wir uns nicht alle her, dass wir schöner erscheinen? Natürlich! Er liebte ihren Mund, ihre Zähne, ihre Augen. Und ihr Lächeln! Wenn er sie sah, überkam ihn eine unerklärliche Sehnsucht. Er stellte sich vor, sie würde ihm Geschichten erzählen über Aphrodite und Homer. Auch wenn er die nicht mochte, hätte er sie gemocht.

Blender

Der große Meister schreibt Berichte über die allgemeine Lage und veröffentlicht sie in der Zeitung. Nein, er lässt sie von seiner Untergebenen schreiben. Worte wie Sauerei, Betrug, Schande fallen dabei. Leserbriefartige Berichte sind das von einem, der ganz nach oben will!

Kinder

Kinder wissen nichts von so einem.
Kinder wissen nichts von so einer. Kinder wissen nichts von gestern. Kinder
wissen nichts von heute. Kinder wissen
noch nichts!

Ein schönes Gesicht

Sie liebte schöne Gesichter. Wann wurde ihr das bewusst? Wann merkt sie, dass es ein hässliches Gesicht ist? Was ist hässlich, was ist schön? Es hat etwas mit Gefühl zu tun, sagte sie. Es ist eine Empfindung. Etwas, das mich verlegen macht.

Versteck

Die Leute wollen nichts mit dem neuen
Nachbarn zu tun haben. Versteckt hinter ihrer Gartenlaube reden sie so leise,
dass man sie nicht versteht.

Wunsch

Sehr geehrter Herr, wahrscheinlich werden Sie überschüttet mit Angeboten, aber das ist ein Stück außer der Reihe. Beim Schreiben und Herausarbeiten der Hauptfigur habe ich immer an Sie gedacht. Es wäre schön, wenn Sie dieses Stück auf die Bühne bringen könnten.

Die Tür

Ein Haus, in dem alle Türen elektro-
nisch gesichert sind, in dem man selber
nichts mehr machen kann. Von fern-
gesteuerten Türen träumte ich heute
Nacht.

Schreiben

Der Verleger sagte zum Schriftsteller:
Sie müssen etwas Rücksichtsloses ha-
ben, etwas, das sich durchsetzt. Neu-
gierde wollen wir wecken, mit nötigem
Respekt, weil wir auch Menschen sind.
Als Schriftsteller allein sind Sie nichts.

Verlust

Lieber Papi, der Herr Lehrer hat gesagt: Wer nichts hat, hat auch nichts
zu verlieren. Dabei habe ich noch gar
nichts!

Geliebte

Nachdem du jetzt zu den Reichen aufgestiegen bist, kaufst du dir ein Schloss? Wieso, ich habe doch eine Wohnung. Brauchst du keinen Diener? Nein, ich bin nicht behindert. Auch keinen Chauffeur? Wozu, ich hab ja einen Führerschein. Auch keine Geliebte?

Schweigegeld

Ich schwöre, ich habe nichts mit Kindern zu tun!

Erkenntnis

Ich lebe in einer Welt, wo nicht ich,
sondern die andern das Sagen haben.

Kunst

Nachdem sich der Journalist entschuldigte für sein Schweigen, sich auch nicht mehr meldete bei der Galeristin, kein Kollege mehr kam von ihm und auch keine Kollegin, machte der Künstler weiter sein Ding. Nur seine Freunde meinten, jetzt wäre er nicht mehr der, der er vorher gewesen ist.

Neustart

Opa sagt: Morgen ist heute längst vorbei. Darum denke nie zu weit voraus.

Stärke

Er sagt es jedem, der es hören will: Ich
habe keine Handlanger, keine Zuträger, keine Sekretärin, ich bin auf mich
selbst gestellt. Und das macht meine
Kunst aus. Ich lasse mich nicht verbie-
gen. Wenn die Auflagen sinken, keiner
mehr Interesse zeigt an den Kunstwer-
ken, heißt es für andere: Machen Sie
Zugeständnisse, sonst gehen Sie unter!

Kindergeschichte

Er ging, sie ging. Er war, sie war. Sie kam, er kam. Sie will, er nicht. Wer nichts will, braucht nichts. Auch wenn es vorbei ist, ist es noch nicht vorbei.

Kind

Ich bin ein Kind. Das Leben hat nichts mit mir zu tun. Es sind andere, die in mir leben, mich ändern. Es geht nicht um mich, es geht um die andern, in denen ich lebe.

Wunsch

Die Freiheit gehört abgeschafft, schreibe ich auf eine große Tafel und gehe damit durch die Straßen. Ich weiß, Menschen lieben es, beherrscht zu werden, können mit ihrer Freiheit nichts anfangen, weil sie Angst haben, das Gegenteil sagen zu müssen von dem, was sie glauben.

Immunität

Jedes Mal, wenn es für mich um etwas geht, denke ich, ich bin ein Abziehbild der andern. Für die andern gibt es aber Paragraphen, Möglichkeiten, die Sache wieder rückgängig zu machen, ohne dass ihnen etwas geschieht. Wenn sie sich nicht dumm anstellen, bleibt ihnen die Immunität erhalten bis ans Lebensende!

Glauben

Wenn es dich gibt, warum zeigst du dich dann nicht? Warum gibst du mir kein Zeichen, ich würde es verstehen. Bis jetzt hast du dich hinter den falschen Leuten versteckt. Die verstecken sich auch, sagst du. Aber warum versteckst du dich?

Reden

Kinder reden nicht wie die Erwachsenen. Kinder sind nicht von der Sprache beherrscht. Kinder wollen gestrei-
chelt werden. Erwachsene sind keine
Kinder.

Größe

Die Großen fühlen sich in Gruppen
stark. Sind sie erst einmal drin, reden
sie von der Stärke des Einzelnen.

Künstlich

Mit allen Regeln der Kunst! Ja, was meinst du denn damit? Einen Rosthaufen! Seit wann gehst du rückwärts? Ich gehe nicht rückwärts, ich mache mit: Künstlerscheiße, Missgunst und Hass müssen sichtbar gemacht werden!

Spinner

Dass nur das Böse zählt in den Zeitungen, darauf fallen nicht alle Leser rein. Es gibt auch Leserbriefe, wenn einem etwas nicht passt. Was die Menschen verbindet, wissen die Zeitungen nicht. Spinnt der, heißt es dann. Ist der noch ganz dicht? Fortsetzungsgeschichten gibt es nicht.

Wahrheit

Selbstbewusstes Auftreten macht dein Gegenüber nicht klein. Im Gegenteil, es stärkt es. Nur dein krankhaftes Selbstbewusstsein macht dich klein.

Mehrheit

Wenn ein brennendes Thema weit weg ist von dir und dich nicht betrifft, kannst du ruhig schlafen, ansonsten ist es die Hölle. Und die Hölle ist dann so, wie wenn es dich zerreißen würde, du nicht mehr schweigen kannst, immerzu gegen eine Übermacht ankämpfen musst.

Preisfrage

Was ist wichtiger: Der Kritiker oder
der Autor? Komponist oder Interpret?

Unterdrücker

Kinder wissen nichts von Literatur.
Müssen es nicht wissen. Literatur ist
ein anderes Wort für Unterdrückung.
Wer ganz oben ist, will noch viel höher
hinaus.

Edel

Weißt du, wo die Edelhölzer herkommen? Ja, ich weiß es, zweimal wird abkassiert. Was wirklich zählt, ist Geld. Egal was die Edelhölzer kosten.

Mars

Lieber Papi, warum geben die Menschen Milliarden aus für die Reise zum Mars? Schicken Roboter dorthin und bringen sich gegenseitig um auf der Erde?!

Richtung

Er war Makler, sagte die Chefin. Einer, der Handys nicht mochte. Seine Kaffeemaschine war echt zum Lachen. Aber er hatte Ausstrahlung, machte jeden Tag drei Abschlüsse. Er hat das nie raushängen lassen, war zuallererst immer Mensch. Leider hätte er in unserer globalisierten Welt keine Chance.

Zufriedenheit

Die Frau dort auf der Straße schaut unglaublich zufrieden aus, als hätte sie keine Sorgen. Ja, als lachte sie uns alle aus. Die möchte ich kennenlernen!

Kinder

Ein Kinderwort kann die Hölle sein.
Auch die Hölle ein Lächeln!

Der Zigarrenraucher

Der Zigarrenraucher hat jeden Tag um sechs Uhr morgens den Motor seines Wagens im Stand laufen lassen, dass ich wachgeworden bin. Seitdem er weggezogen ist, wache ich jeden Morgen um sechs Uhr auf.

Das Spiel

Lieber Papi, auch wenn du nicht mehr da bist, es dich nicht mehr gibt, weiß ich, was hier gespielt wird. Ich kenne die Leute, auch wenn sie mich nicht grüßen. Sie sitzen zu Hause und rühren sich nicht. Keiner macht etwas gegen die Ungerechtigkeit auf der Welt. Nur am Stammtisch sind sie stark.

Finsternis

Sie flüsterten im Dunkeln, doch er er-
kannte sie an ihren Stimmen.

Versprecher

Die Nachrichtensprecherin mit der schönen Stimme hat sich heute zweimal verhaspelt. Ich weiß nicht warum, aber es tat mir leid.

Auf Wiedersehen

Es gibt so viele Sachen, die man nicht sagen darf, weil sie andere verletzen. Trotzdem würde ich oft gerne sagen, was man nicht sagen darf.

Mitarbeiter

Die Mitarbeiter haben Angst vor dem Konzernchef. Er ist vorbestraft, kennt sich aus in dem Gewerbe.

Schrecken

Manchen Menschen sieht man sofort
ihr Elend an. Im Gesicht, an den nach-
lässigen Bewegungen. Frauen hinter
der Theke, Verkäuferinnen, die keine Verkäuferinnen sein wollen. Ich er-
schrecke jedes Mal wieder, wenn die
Zeitungsausträgerin vor mir steht.

Zufriedenheit

Opa meint: Wenn mein Gesichtsaus-
druck mit dem Gesicht des Nachbarn übereinstimmt, das Innere mit
dem Äußeren harmoniert, die Sonne
mit den Wolken und das Gestern mit
dem Heute, bin ich zufrieden.

Sünde

Je mehr man sich gegen etwas sträubt, desto schlimmer wird es. Ich musste meine Mütze abnehmen in der Kirche. Und immer hieß es, sei still! Als hätte Gott etwas gegen fröhliche Kinder. Das ist es ja, was sie dir austreiben wollen, die Unbekümmertheit, damit sie nicht ausufert, keinen eigenen Klang bekommt. Es gibt immer einen, der vor dir steht. Das, was dich ausmacht als Mensch, wird gleich von einem andern Menschen unterdrückt. Eine Frau, die dir begegnet ist, ob die etwas in dir ausgelöst hat, wollen sie wissen. Ob du in Gedanken mit ihr ins Bett gehen wolltest?! Das sollst du einem wildfremden Menschen beichten in der Kirche. Und der ans Kreuz Genagelte, was will uns der sagen, lautet die Frage. Und die Erbsünde? Habe ich etwa eine Sünde geerbt, nicht das Leben?!

Der geschlossene Kreis

Ich habe zehn Romane geschrieben, sagt der Schriftsteller, aber die heimische Presse hat noch keinen einzigen besprochen. Von mir gibt es zahllose Gemälde, entgegnet der Maler, glaubst du, die hätten mich einmal eingeladen zu ihrer Art-Show, die alljährlich hier stattfindet. Dass wir hier nicht geboren sind, daran kann es nicht liegen, reißt sich doch diese Stadt um die teuersten Schrottwarenkünstler aus der Branche. Und die Heimatzeitung präsentiert sie wie Götter.

Psychogramm einer Liebe

Ich will dir nicht dreinreden, sagte die Frau, legte dann die Serviette auf das Weinglas. Der Wind ist heute nicht so stark wie gestern, nur die Wespen sind hier sehr lästig. Ich darf mir nicht so viel denken, meinte der Mann, weil ich mit meinen Gedanken nichts ändern kann. Wer kann das schon, sagte sie und leerte ihr Glas in einem Zug. Man kann alles nur einmal zum ersten Mal erleben, sagte er.

Wichtig

Was wolltest du noch machen im Leben? Hast du es nicht gemacht? Was
war es? War es wichtig? Wäre es wichtig gewesen?

Verhinderer

Hör auf mit deinen Geschichten, die mich nur daran erinnern, dass du einmal anders gewesen bist. Du bist unglaubwürdig geworden in meinen Augen und deine Zuträger auch. Sie glauben, in deinem Schatten könnten sie Beachtung finden, dabei seid ihr alle nichts.

Mann mit Hut

Das Kind fragte: Weißt du, warum der Mann einen Hut trägt? Der muss das Fenster putzen und hat seinen Hut noch nicht abgenommen. Ich weiß es nicht. Vielleicht hat er eine Kopfverletzung oder es ist ein Tick von ihm. Du weißt es nicht? Nein, aber du. Wieso ich, habe ich dir nicht gerade gesagt, dass ich nicht weiß, warum der Mann einen Hut trägt?

Gleich

Ich weiß jetzt, wie es geht. Sie verwenden die gleichen Einkaufstaschen. Tragen die gleichen Schuhe. Wissen, wie man herzlos grüßt. Oder sie gehen den Leuten gleich aus dem Weg, bloß nichts Persönliches, keinen eigenen Gedanken. Es wird schwer werden für dich. Sie wissen nämlich, dass du nicht zu ihnen gehören willst, was die größte Sünde ist für sie.

Der Fremde

Ich weiß auch nicht, wie meine Freunde über mich sprechen, wenn ich nicht dabei bin.

Opa

Gehen wir eine rauchen, hieß es früher. Dann wurde geredet über die Arbeit, über den Chef, über die bösartige Kollegin. Die Zigaretten lösten Probleme oder machten sie noch größer, als sie waren. So entstanden die Raucherecken. Heute sagen die problembeladenen Frauen: Gehen wir spazieren, reden wir! Dann kann man sie sehen, wie sie mit ihren Händen deuten, stehen bleiben, einander beteuern, dass es vielleicht ein Fehler gewesen war, zu heiraten, Kinder zu kriegen, mitsamt dem ganzen Wahnsinn auf dieser Welt.

Wichtig

Noch so ein Blender, der glaubt, ich hätte ihn nicht erkannt. Selbstgefällig fixiert er mich schon von weitem, macht das Unwichtige zur wichtigsten Sache der Welt, reißt an sich, was ihn nichts angeht, erscheint jede Woche dreimal in der Zeitung. Und dann?

Krampf

Du musst mich nicht anlügen. Du kannst Nein sagen, wenn du Nein sagen willst. Du musst nicht erst überlegen, ob du lächeln sollst oder nicht. Bemühe dich nicht. Mach es nicht komplizierter, als es ist.

Maler

Noch so ein Künstler, der seine Lein-
wände zuschmiert, nichts offen lässt
für meine Phantasie.

Zeit

Es muss nicht gleich geschehen, was
du dir wünschst. Es hat Zeit. Ich weiß,
du würdest gerne mehr Zeit haben, weil
die Nacht nicht ausreicht für deine Träu-
me.

Sprache

Du beherrschst zwei Sprachen. Eine,
die hier ein jeder spricht. Und eine, die
nur du verstehst.

Charakter

Sie hat zahlreiche Niederlagen erlebt, aber alle überwunden. Nur weiß das keiner von den Wichtigtuern. Ein Hund kann ein Leben retten, indem er den Angreifer vertreibt. Aber du kannst nicht still sitzen beim Essen. Du nörgelst an der Bedienung herum. Und der Mann macht ein Theater wegen einem Kratzer in seinem Auto. Ich weiß, sie ist stärker als ihr drei zusammen.

Reich

Er glaubt alles zu wissen, gibt sich des-
interessiert, unnahbar. Dabei ist er der
unwichtigste Mensch von der Welt.

Warum

Die Frau hat mich böse angeschaut,
ihr Mann gar nicht erst beachtet. Soll
ich sagen, was ich von ihnen halte?
Wenn ich ihn sprechen höre, denke ich
an die Befehlsform. Seine Frau erinnert
mich an ein vollschlankes Flittchen.
Was sie von mir halten, weiß ich nicht.
Ich wüsste trotzdem gerne, warum das
so ist.

Der Mond

Der Mond hat ungeahnte Kräfte. Er bewegt nicht nur das Meer und die Sterne. Er ist auch der Verbündete der Verliebten!

Die Frage

Im Einkaufswagen vor mir beginnt es zu läuten. Alle Kunden holen ihre Handys aus den Taschen, drücken aufs Knöpfchen und schauen: Bin ich es? Hat jemand geschrieben? Gehöre ich noch dazu?

Der Traum

Ein Junge läuft schreiend auf die Straße. Er will das Haus der Eltern anzünden. Sein Vater versucht ihn zu beruhigen. Ein Hund beobachtet die Szene. Der Junge gibt auf, weil die Mutter nicht dabei ist.

Der Fremde

Als er die dicke Frau zum ersten Mal
mit Mundschutz sah, merkte er erst,
was sie für schöne Augen hat.

Der Zug

Ein Intercityzug übertönt das Rauschen der Autostraße, pfeift vor den Schranken, die sich hinter den Häusern befinden. In den Zugabteilen sitzen Einwanderer, Versicherungsvertreter, Frauen auf Arbeitssuche. Der Zug ist verschwunden. Aber ein Schattenspiel blieb am Himmel zurück.

Die nackte Frau

Ist sie eingeschlafen? Oder fixiert sie mich durch die Sonnenbrille? Ich bemerke sie erst, als ich mich umdrehe. Ich will sie nicht stören. Also versuche ich weiterzulesen.

Der Fremde

Er sagte: Jazzmusiker bilden sich was ein auf ihre Akkorde, während das Leben weitergeht. Der Inhalt interessiert sie nie, nur die Improvisation.

Lernen

In der Stille kommt man zu sich. Man braucht kein Handy, kein Internet. Es gibt dafür keinen Kurs. Man kann es nicht lernen. Plötzlich ist da, wonach man nicht gesucht hat.

Im Süden

Er hat festgestellt, dass die Leute im Süden viel mehr miteinander reden. Dass sie zuhören, wenn jemand etwas sagt. Und ihr freundliches Lächeln!

Kindsein

Das spöttische, jähzornige Kind, das
sein übersteigertes Kindsein rücksichts-
los ausspielen darf, treibt dem Nachbarn jedes Mal die Zornesröte ins Gesicht.

Geschenke

Geschenke, die man als Geschenke bezeichnet. Geschenke, die man erhalten hat. Geschenke, die man loswerden will. Geschenke, die einen verletzen. Geschenke, die nichts zu bedeuten haben. Geschenke, die tatsächlich nichts zu bedeuten haben. Geschenke, die mit Glitzergold übersät sind. Geschenke, auf die du gewartet hast. Geschenke, die du nicht erwartet hast. Geschenke, die du niemandem schenken willst.

Schweigen

Wenn ich schweige, schweige ich nicht. Der Lärm der geschäftigen Welt übertönt mein Schweigen, das nie zur Ruhe kommt.

Der Fremde

Er sagte: Tiere sind nicht wie Menschen. Tiere machen nichts mit Absicht. Tiere verteidigen sich im Notfall. Tiere führen keine Kriege. Tiere haben nichts mit Menschen gemein. Manchmal wäre ich gerne ein Tier.

Die Zeit

Die Zeit stand erst im Wohnzimmer auf dem Bücherschrank, dann in der Küche in einem Regal. Mal blieb sie stehen, dann wieder lief sie weg. Die Zeit war immer woanders. Nur nicht, wo sie sein sollte. Und wo sollte sie sein? Fest verankert an einem Ort! Die Zeit ist immer woanders.

Hospital

Schau, wie schön er frisiert ist. Nein, das hat die Schwester so gemacht! Schau, er hebt seinen Kopf. Nein, das macht er, weil er nicht weiß, wo er ist! Ist er da, wo er ist? Wenn ich das wüsste! Er ist ruhig. Nein, er hat bloß sein Hörgerät nicht eingeschaltet! Jetzt lächelt er. Nein, das ist kein Lächeln, es sieht nur so aus! Seine Augen leuchten. Nein, das kommt von den Tabletten! Wollte er noch etwas sagen?

Schreiben

Ich konzentriere mich auf das, was ich am besten kann. Und was ist das? Zeichnen und Schreiben! Sonst nichts?

Das Mädchen

Wer bist du? Woher kommst du? Warum schaust du mich nicht an? Kennen wir uns? Haben wir uns schon einmal gesehen? Ich kenne dich nicht. Wir haben uns noch nicht gesehen. Warum bleibst du jetzt stehen? Warum schaust du mich an? Warum gehst du nicht weiter? Darf ich dich noch etwas fragen?

Lächeln

Sie hat noch nicht das befreiende Lächeln. Weit entfernt von der Gegenwart, kennt auch sie nur die negativ besetzten Wörter. An was denkt sie bei dem Wort Liebe?

Begeisterung

Opa sagt, heutzutage kann man sich kaum noch für etwas begeistern. In der technikorientierten Welt weiß niemand mehr, was gut und was schlecht ist. Trotzdem sollte man das Schöne voll in sich aufnehmen.

Schreiben

Der Schriftsteller sagte: Es ist das Abscheulichste, Schrecklichste und Bösartigste, was die Menschen über andere Menschen denken. Nur manchmal denken sie an das Beste, Schönste, Großartigste. Suchst du weiter, musst du dich durch das Abscheulichste, Schrecklichste, Bösartigste, was Menschen über andere Menschen denken, kämpfen, aber auch durch das Schönste, Beste und Großartigste. Die Wahrheit herausfinden, ist eine Aufgabe, die zu keinem Ende führt. Weil es das Schönste, Beste, Großartigste, Abscheulichste, Schrecklichste nicht gibt.

Der Liebhaber

Er war außer sich, total überdreht. Wusste plötzlich nicht mehr, was er wollte.

Gremien

Es gibt unzählige Gremien zur Rettung der Welt. Wer sitzt in den Gremien? Keine Ahnung. Ich weiß nur, sie sind alle so langsam, dass vor ihrer Beschlussfassung die Welt untergeht.

Kunst

Meine Freundin sagt: Der große Künstler schmiert sein altes Pommesfett in eine Ecke, und schon ist das große Kunst. Derselbe Künstler pinkelt auf ein Metallgestell und die Rostflecken sind plötzlich Kunst! Für so was wird ein Gebäude hingestellt, das man MUSEUM nennt, und kostet Millionen. Dabei arbeiten Krankenschwestern, Erzieherinnen für einen Hungerlohn. Der wahnsinnig tolle Künstler kümmert sich um seine Selbstdarstellung. Und um seine missratenen Kinder kümmern sich die Kindermädchen.

Wahrheit

Lieber Papi, ich glaube, es stimmt. Das Schöne und Gute wird gehasst. Das Erfreuliche angefeindet. Das Erniedrigende hochgehoben.

Das Blatt

Ein Ahornblatt wirbelte drollig im Wind hin und her wie ein Schmetterling, und war plötzlich verschwunden.

Anfang

Siehst du das Leben fröhlich, erscheint es dir aufgeräumt. Erkennst du Probleme darin, ähnelt es einem Idioten, der dich auf die Probe stellen will.

Demokratien

Das ungehinderte Aussprechen der eigenen Meinung in Demokratien ist ein Grundrecht, das als selbstverständlich gilt. Nur Kinder werden nicht als selbstverständlich angesehen.

Lobby

Gräben zuschütten und Bäume fällen,
aber jammern über Stürme und Über-
schwemmungen. Dafür haben sie jetzt
sichtfreie Straßen für ihre fetten Autos!

Mathematik

Ich dachte an Zahlen und Gesetz-
gebung, Alphabete. Ich konnte nicht
mehr schlafen, warf meine Bücher
in den Fluss. Der Mond stand hoch
am Himmel, zeigte mir den Weg nach
Haus.

Denken

Die meisten Menschen reden um den Brei herum, sagen nicht, was sie denken, machen das Komplizierte noch komplizierter, als es bereits ist.

Der Fremde

Es gibt Menschen, die wollen die andern nur so sehen, wie sie selber sind. Zwingen ihnen ihre Fehler und Ungereimtheiten auf und meinen, nur so, wie sie leben, wäre es richtig.

Antwort

In dieser Welt, in der es bald mehr Autos geben wird als Kinder, möchte ich kein Kind mehr sein.

Namen

Antwortest du mit deinem Vornamen oder Nachnamen? Laut oder leise? Hast du mehrere Namen? Wie würdest du dann antworten? Magst du deinen Namen? Freust du dich, wenn du deinen Namen hörst?

Die Geschichte

Die Geschichte hat keinen Anfang und kein Ende. Wozu noch daran denken. Weil du dich geärgert hast? Weil du es warst, der schlussgemacht hat? Oder waren es die andern? Was hast du davon, wenn du an eine Geschichte denkst, die noch nicht begonnen hat?

Chiemgau
Winter und Frühjahr
2020-2021

ADELHARD WINZER
33 COMPUTER-ZEICHNUNGEN
2019. 88 SEITEN
BOD – BOOKS ON DEMAND, NORDERSTEDT
ISBN 9783748108559

ADELHARD WINZER
HUNDERT ZEICHNUNGEN
2018. 116 SEITEN
BOD – BOOKS ON DEMAND, NORDERSTEDT
ISBN 9783744885737

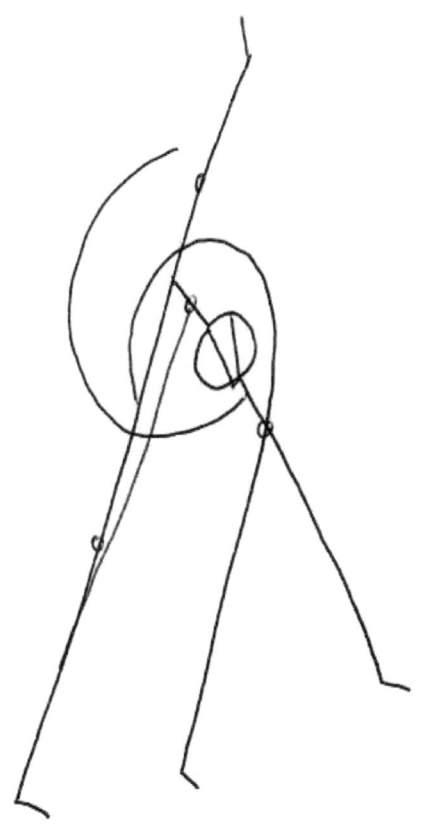

ADELHARD
WINZER
DIE SPRACHGRENZE
GESCHICHTEN
2018. 184 SEITEN
BOD – BOOKS ON DEMAND,
NORDERSTEDT
ISBN 9783746087429

In mehr als hundert ineinandergreifenden
Geschichten (die längste hat elf Seiten, die
kürzeste vier Zeilen) wird anhand der Parabel,
der Groteske, der Fabel und der Übertreibung
von Personen und Ereignissen berichtet,
denen allen gemeinsam die Thematik „In der
Fremde" zugrunde liegt. Skizzenhaft,
lakonisch, phantastisch überhöht,
bis an die Grenzen der Erzählbarkeit.

„Ihre Texte haben lange auf meinem Schreib-
tisch gelegen und ich habe immer mal wieder
hineingeschaut. Der Titel ‚Sprachgrenze' ist
total richtig gewählt. Alle Texte machen vor
etwas Halt – eine Wand? Ein Absturz? Ein
Paradies? Das wirkliche Leben? (was immer
das ist). Man wartet auf einen Durchbruch,
aber er kommt nicht. Sehnsuchtstexte! Sehnsucht sehnt sich nach Erlösung. Aber was
könnte das sein? Gott? Die Liebe? Die Tat?"
Ruth Rehmann in einem Brief
an Adelhard Winzer

„Deine Geschichten sind klasse, sie ziehen den
Leser in den Bann, sind erschreckend ehrlich
und hart, sprachlich fein gesponnen."
Thomas Felber, Buchhandlung
Lentner, München

ADELHARD WINZER
ANDREAS. REPRINT. 2019. 80 SEITEN
BOD – BOOKS ON DEMAND, NORDERSTEDT
ISBN 9783749436804

„Dieses Buch wendet sich Problemen zu, wie Jugendliche sie in unserer Gegenwart haben können: der Zweifel am sogenannten Fortschritt, mangelnde Verbundenheit mit der Natur, Missverstehen der Erwachsenen im Hinblick auf jugendliches Verhalten. Das Buch wird gewiß einen Teil von älteren Kindern und Jugendlichen in weiterführenden Schulen gut ansprechen." *Prof. Doktor Anton Reinartz, VJA Nordrheinwestfalen*

„Ein wichtiges Buch, insbesondere für Erwachsene, denn hier können sie etwas erfahren über die Kluft, die sie zwischen sich und den Kindern aufgebaut haben und die Unkindlichkeit unserer Welt." *Klaus Friedrich, München*

„In dem schmalen Büchlein steht Bedeutsames." *Reichenhaller Tagblatt*

„Begegnung mit einem außergewöhnlichen Jungen." *Stuttgarter Nachrichten*

„In einem langen Brief schreibt sich Andreas all das vom Herzen, was ihn freut, aber auch was ihn bedrückt, was ihm an den Erwachsenen nicht gefällt, die schuld daran sind, dass Landschaften zu Betonwüsten werden, die sich immer streiten müssen, die Kriege führen ..." *Katholischer Kirchenanzeiger*

„Das Buch habe ich bekommen und gelesen. Es gefiel mir. Talentierter Mann!" *Stephan Sulke*

ADELHARD WINZER
KRETHI UND PLETHI / DAS KORKENSPIEL
ZWEI STÜCKE. 2019. 124 SEITEN
BOD – BOOKS ON DEMAND, NORDERSTEDT
ISBN 9783750414716. AUFFÜHRUNGSRECHTE:
CANTUS THEATERVERLAG, ESCHACH

KRETHI UND PLETHI. DRAMOLETT
Ein Stück, das die Sprache zum Mittelpunkt
hat. Befangenheit und Vorurteile der
Menschen. Keine zwingende Handlung.
LAYLA (schwarzhaarig) und SABRINA (blond),
einheitlich gekleidet, sitzen Rücken an Rücken
auf einer Bank, reden über eine fremde Person,
stehen auf, gehen im Kreis, deuten mit den
Händen, vermeiden es, sich dabei
anzuschauen. Ort des Geschehens: Ein
Kirchenplatz. Bühnenlicht, das, während
sie sprechen, allmählich schwächer wird und
den Schatten des Kirchturms näher bringt.

DAS KORKENSPIEL. DRAMA
Alf und Bianca haben ihre Stadtwohnung Auf-
gegeben und versuchen in einem abgelegenen
Bauernhof auf dem Land sesshaft zu werden.
Eines Tages bekommen sie Besuch von Gitte
und Ernst, einem befreundeten Paar aus der
Stadt. Sie machen es sich bei Kaffee, Kuchen
und Wein im Garten bequem, erzählen von
ihren Reisen nach Asien, Österreich, Italien,
Mexiko und New York. Während Alf und
Bianca sich gegenseitig die Beweggründe ihres
Neuanfangs zu erklären versuchen, schwärmen
Ernst und Gitte von der ländlichen Umgebung.
Ein harmlos erscheinender Nachmittag auf
dem Bauernhof, bei dem es am Abend
zur Katastrophe kommt.

ADELHARD
WINZER
DER PENSIONIST
GESCHICHTEN
2019. 156 SEITEN
BOD – BOOKS ON DEMAND,
NORDERSTEDT
ISBN 9783749455041

*Lieber Gott, ich fühle mich heute so einsam.
Ich will mit Dir sprechen. Wo bist Du? Gehörst
Du der Kirche, wie alle behaupten? Nein, von
Gut und Böse wird da geredet, nicht von Gott.
Als Kind haben mich alle erschreckt mit ihrer
Hölle. Immerzu muss man dort bleiben, haben
sie gesagt, wenn man die Gebote nicht einhält
– bis in alle Ewigkeit! Der Gedanke hat mich
beinahe verrückt gemacht als Kind, weil ich es
verstehen wollte und doch nicht verstand.
O Gott, ich fühle mich heute so einsam. Ich
weiß nicht wohin. Die andern tragen Dich vor
sich her wie einen Schild, schmücken ihre
Bücher mit Bibelzitaten, weil sie selber nichts
sind. Mich beschuldigen sie, weil ich nicht in
die Kirche gehe. Nein, sie beten die Hostie an,
den Altar, das Kruzifix, nicht Dich. Hast Du
nicht zu mir gesagt, schau hin, wo andere
wegschauen? Sei genau, sieh, was richtig ist
und was nicht! O Gott, wo bist Du, ich will
mit Dir reden. Hörst Du mich nicht?*

„Das Surreale und manchmal das
Widersprüchliche ist in den Texten von
Adelhard Winzer zu finden. Immer wieder
fordert er mich heraus über die Inhalte
seiner Geschichten nachzudenken."
Heinz Steinbacher

ADELHARD WINZER
ITALIENISCHE SKIZZEN
PROSA. 2020. 136 SEITEN
BOD – BOOKS ON DEMAND,
NORDERSTEDT
ISBN 9783750403208

Der Strand war menschenleer,
der Mond spiegelte sich im Meer.
Ich war hellwach, fing zu schreiben
an. Es war eine Nacht voller
Einfälle, Gedankensprünge.
Ich wurde nicht müde. Der Tag
hatte noch nicht begonnen.

„Adelhard Winzers Skizzen benötigen
nur wenige Sätze und Zeilen, um eine
besondere Atmosphäre einzufangen,
über ein Empfinden Auskunft zu geben,
ein Erlebnis zu schildern oder einer
früheren Kränkung nachzuspüren.
Die Reflexionen aus einem an Erfahrungen
überreichen Leben schwingen zwischen den
Themen Sprachlosigkeit und Geschwätzigkeit,
Einsamkeit und Geselligkeit, Zweifel und
Gewissheit. Zudem erweist sich Winzer
als genauer Beobachter menschlicher
Schwächen, der eigenen genauso wie
denen der anderen. Über allem weht ein
Hauch von Melancholie, vermischt
mit italienischer Leichtigkeit.“
Isa Schikorsky

ADELHARD
WINZER
STOCKHOLM BLUES
KURZPROSA
2018. 92 SEITEN
BOD – BOOKS ON DEMAND,
NORDERSTEDT
ISBN 9783752839814

Seit ich denken kann, will ich nach Stockholm.
Kennen Sie Stockholm? Ich war noch nie dort.
Es ist schön, wo ich wohne, ich vermiss nichts.
Also, sagen meine Freunde, was willst du in
Stockholm? Ich weiß nicht. Nachts erwache
ich aus meinem Traum, drehe mich auf
die andere Seite und denke, morgen gehe
ich nach Stockholm. Stets kommt etwas
dazwischen. Ich gehe zur Arbeit, ärgere mich,
gehe wieder nach Hause – schon ist der Tag
vorbei. Wie schön wäre es jetzt in Stockholm,
denke ich, warum bist du nicht nach Stockholm
gegangen! Ich war in Trinidad, ich war in
New York, aber was ist das im Vergleich
zu meinem Traum. Meine Freunde sagen,
geh in dich, vergiss dieses Stockholm,
es bringt dich noch um! Aber in Gedanken
bin ich in Stockholm. Ich weiß nicht warum.
Um was Neues beginnen zu können,
muss ich nach Stockholm. Kennen Sie
Stockholm? Waren Sie schon dort?
Heute wäre ein guter Tag,
um nach Stockholm zu gehen!

ADELHARD
WINZER
VENEDIG, VON HIER AUS
AUFZEICHNUNGEN
2019. 212 SEITEN
BOD – BOOKS ON DEMAND,
NORDERSTEDT
ISBN 9783749437481

Diese Arbeiten
folgen keinem
künstlerischen Konzept,
keiner Gesetzmäßigkeit, keiner
Logik im herkömmlichen Sinn.
Niedergeschrieben in einem Zug,
frei von ablenkenden Gedanken
oder Zugeständnissen an
eine literarische Form
enthält der Band
zweihundert Aufzeichnungen
aus dem Unterbewusstsein.
Allein das Aufhören
am Ende der jeweiligen
Notizbuchseite,
um erneut beginnen
zu können, galt als
Einschränkung beim
Schreiben dieser Texte.

ADELHARD WINZER
DIE KÜRZESTE
LIEBESGESCHICHTE DER WELT
GEDICHTE. 2020. 124 SEITEN
BOD – BOOKS ON DEMAND,
NORDERSTEDT
ISBN 9783750437289

*Zuerst wollte nur er
aber sie nicht dann
wollte sie aber er nicht
worauf auch sie
nicht mehr wollte*

„Die kürzeste
Liebesgeschichte
der Welt" erzählt von
knappen Augenblicken
des Liebesglücks, vor
allem aber von verpassten
Gelegenheiten, Missver-
ständnissen, Kränkungen
und Vorurteilen, die das
scheue Gefühl schnell wieder
vertreiben. Die Liebe – ersehnt,
erträumt, erhofft – und doch
zu flüchtig, um sie für
immer festzuhalten.

ADELHARD
WINZER
LÜGENGESCHICHTEN
2018. 132 SEITEN
BoD – BOOKS ON DEMAND,
NORDERSTEDT
ISBN 9783752862102

Der Mond hat sieben Türen, sprach das Kind.
Ich lebe nicht hinter dem Mond, erwiderte
der Mann. Du hast keine Ahnung, meinte
das Kind, wenn der erst mal seine Hintertür
aufmacht, beginnen die Menschen zu wackeln.
Von wegen wackeln, sagte der Mann. Ja,
wenn der Mond wirklich wollte, könnte
er die ganze Welt überschwemmen,
aber er hat Mitleid mit uns, vor allem
mit den alten Leuten. Ich bin nicht alt,
entgegnete der Mann. Für ganz Alte, sagte
das Kind, macht er die Vordertür auf,
dort können sie hineingehen! Und das
Kind verschwand wie es gekommen war.
Blödsinn, dachte der alte Mann, drehte sich
auf die andere Seite, und konnte doch nicht
einschlafen. Seine Gedanken begannen
um den Mond zu kreisen, um die Erde,
um alte Leute. Schließlich träumte er,
durch eine große weite Tür zu gehen.
Alle Menschen machten ihm Platz,
verbeugten sich und riefen:
Wo warst du denn die ganze Zeit!

ADELHARD
WINZER
GRUNDSÄTZE
ÜBER DIE KUNST
2018. 72 SEITEN
BOD – BOOKS ON DEMAND,
NORDERSTEDT
ISBN 9783748102038

Schon als Kind versuchen sie
dich wegzubringen von dir selbst:
Die Wissenschaft, die Mode,
das Fernsehen, Religionen,
Parteien und Politiker. Alle sagen
sie: Glaub an mich! Glaub an mich!
Wer hat dir jemals gesagt:
Glaub an dich selbst!?

Der Sommer, das Fahrrad, Blätter im Sand,
der Wald und die Nacht und die Stimmen,
das Lachen, der Himmel, die Kräuter
und Beeren, Geschmack von Rauch
in der Luft, Pfennigstücke neben den
Eisenbahnschienen, die Wiesen, die
Äcker, die Farben, die Birken,
Getreidefelder im Wind, der
Hügel, der See, Nebel und Bläue,
Vater, Mutter, Winter im Land,
der Schal und der Schlitten,
Bruder, Schwester – gesehen
aus einem engen Raum.

ADELHARD WINZER
LIEBLOSE ZEITEN
GEDICHTE. 2020
116 SEITEN. PAPERBACK
BOD – BOOKS ON DEMAND,
NORDERSTEDT
ISBN 9783750452015

*Nicht durch getreues Nachahmen
oder Beschönigen der Realität allein
durch Aufdecken und Hinterfragen
von Ungereimtheiten und Lügen
bekäme das Schreiben einen Sinn*

*Dein Wesen ist wie der Schatten
nein das stimmt nicht dein
Wesen ist nicht vollkommen
nur dein Schatten also
halte dich an den Schatten*

Wie lebt und liebt man in unseren
unsicheren Zeiten, in denen nichts
mehr gewiss ist? Wie wird man
gelassen und weise? Wie geht man
mit Ängsten und Sehnsüchten
um? Adelhard Winzer misstraut
einfachen Antworten. Seine
eigensinnigen Gedichte fordern
zum achtsamen Lesen, zum Mit-
und Nachdenken auf und lassen
dabei eine völlig neue Sichtweise
auf allzu Gewohntes und
Vertrautes entstehen.

ADELHARD WINZER
LIEBES, BÖSES KIND
DRAMA. 2020
88 SEITEN. PAPERBACK
BOD – BOOKS ON DEMAND,
NORDERSTEDT
ISBN 9783751976794

*Als Kind hatte ich so viel Liebe
in mir, mich gefreut über das
Schöne im Leben. Aber meine
Liebe wollten die Leute nicht.
Man muss seine ganze Liebe
geben, haben sie gesagt.
Aber das stimmt nicht, man
muss alles verheimlichen,
verstecken, wie im Krieg.
Wenn du zu viel Liebe gibst,
nehmen dich die Leute
nicht ernst. Liebe ist
ein Fremdwort. Liebe
schreibt man ganz anders!*

Ein Soldat kommt von einem
Einsatz zurück, der ihn die beste
Zeit des Lebens gekostet hat. Er
besucht das Oktoberfest. Trifft sein
zweites Ich. Begegnet unerwartet
einem Freund, der ihm ein Geschäft
vorschlägt. Findet sich in einem
Separee wieder. Besucht seine
Schwester. Kehrt endgültig
nach Hause zurück.

ADELHARD WINZER
DIE KUNST DES DRACHENTÖTENS
CAPRICCIOS. 2020. 148 SEITEN
BOD – BOOKS ON DEMAND,
NORDERSTEDT
ISBN 9783751937122

*Der große Moment, wenn
jemand zu lachen anfängt, einen
Schritt auf dich zugeht, ohne finstere
Absicht. Was für ein Augenblick!
Die Gedanken, die hin und
her gehen. Zuversicht oder
Aufrichtigkeit? Vertrauen
oder Misstrauen? Was hat das
eine mit dem anderen zu tun,
der endlose Monolog?*

„Die Kunst des Drachentötens"
handelt von Stimmen in der Nacht,
von Phantasien und Traumsequenzen,
teilweise surreal anmutend, mystisch,
absurd. Assoziative, vielsinnige
Gedankenketten, die in eigenwilligem
Rhythmus auf hintergründige, kaum
greifbare Weise die Ungewissheiten,
Unwägbarkeiten und Fragen
umkreisen, vor die das Leben
uns täglich stellt.

ADELHARD
WINZER
MARATONGA
EIN TRAUMSPIEL
2020. 104 SEITEN
BOD – BOOKS ON DEMAND,
NORDERSTEDT
ISBN 9783751993920

Denn nichts ist für die Ewigkeit
Alles andere nur Träumerei

Ein Mann und eine Frau treffen
sich nach jahrzehntelanger
Trennung wieder, sie erzählen
davon, wie und wo sie
ihre Zeit ohneeinander verbracht
haben, was sie gesehen, erlebt
und empfunden haben dabei. Sie
vertrauen sich Geheimnisse an,
gehen gemeinsam zum Essen,
betrachten alte Fotoalben, erzählen
von den unwiederbringlichen
Zeiten, aber auch vom Heute,
das ihnen leer und zukunftslos
erscheint. Ein Traumspiel
von Liebe, Freundschaft,
Sehnsucht und Tod.

ADELHARD WINZER
STRANDGUT. MINIATUREN
2021. 216 SEITEN
BOD – BOOKS ON DEMAND,
NORDERSTEDT
ISBN 9783750442276

*Der Wind trägt dich hinaus
aufs Meer. Möwen erzählen
dir was von gestern. Die Sonne
nur noch ein Funke. Auch deine
Bewegungen werden langsamer.
Ein Segelflieger landet auf dem
Wasser. Ein Tag im August, der nie
wieder kommt. Die Häuser weit weg.
Du schwimmst um dein Leben.
Am Strand winken dir Leute
zu. Du weißt nicht warum.
Kein rettender Gedanke.*

Im Sommer 2010 begann ich in
Italien Aufzeichnungen zu machen,
schnell und ohne das Geschriebene
noch einmal zu lesen. Sechs Jahre
später habe ich auf die gleiche Weise
ein Notizbuch geführt, beide Fassungen
überarbeitet, neu zusammengestellt und
zur Veröffentlichung freigegeben. Spontane
Prosastücke, Miniaturen, unvollendete
Geschichten über Freundschaft und Liebe,
und die Vergänglichkeit des Lebens.

ADELHARD
WINZER
HEIMKEHR
ERZÄHLUNG
2021. 88 SEITEN
BOD – BOOKS ON DEMAND,
NORDERSTEDT
ISBN 9783753408361

Die Tochter besucht ihren Vater,
den sie seit ihrer Kindheit nicht mehr
gesehen hat. Sie redet mit ihm, als wäre
er nur ein Bekannter, bestenfalls ein Freund,
nicht ihr leiblicher Vater, der sie und ihre
Mutter von heute auf morgen verlassen
hat. Der Vater, ein mehr oder weniger
erfolgreicher Künstler, gibt seine
Beweggründe nicht preis, spricht nicht
darüber, auch nicht mit der Tochter.
Keine gegenseitigen Vorwürfe, kein
Streit, kein offener Schlagabtausch.
Über alles Mögliche wird gesprochen,
bloß nicht über die Trennung. Dennoch
spiegeln sich in ihrer Mimik und Gestik
Unsicherheit und Bedrängnis wider. Im
Laufe des Nachmittags, den sie im Büro des
Vaters, am Chiemsee und auf der Terrasse
eines Restaurants verbringen, entwickeln sie
nach und nach freundschaftliche Gefühle
füreinander, sodass sich die Spannungen
am Ende ins Positive wenden.

ADELHARD
WINZER
ÜBER DIE SPRACHE HINAUS
BIOGRAPHISCHES
2021. 84 SEITEN
BOD – BOOKS ON DEMAND,
NORDERSTEDT
ISBN 9783753460789

LAPALOMA. Kindheit. Schlager. Kunst
Empfindung. SCHWEIZ. Literatur. Schreiben
DONAUMOOS. Planung. Lehrbücher. SOB
Bühne. ANDREAS. In der Schwebe. MUNDART
Verständigung. GRAN CANARIA. Spätentwickler
DJ. Zufriedenheit. Radio. BANKKAUFMANN
AKKORDEON. Gitarre. Berufsmusiker. Probleme
JACK KEROUAC. Selbstfindung. Gegenwart
Optimist. Zeichnen. GITARRE! Geschichten
MAX FRISCH. Groß und Klein. Geburtsort
Was ist wichtig? Liebe. VETTER SEPP
Schwächen. Großeltern. Schneckmo
Schule. PAUL KLEE. Vater. ALLEIN
Mutter. Anneliese. Bauernhof
Interessen. Häxelmaschine. Unfall
Lesen. MÜNCHEN. Knecht. Trauer
Reue. Familie. Passion. Zuhause

„Adelhard Winzer hat viele Rollen
eingenommen in seinem Leben, viele
Entscheidungen getroffen, aber auch
einiges bereut. In diesen Lebensnotizen
beschreibt er, wie Heimat duftet,
wie sich Angst und Zerrissenheit
anfühlen, wie der Ruhm schmeckt –
und wie er zum Schreiben kam.
Eine lesenswerte Lebensreise."
Dr. Maria Karafiat